不時着

峯尾博子

思潮社

不時着　目次

装幀＝思潮社装幀室

不時着

歩く

森の入口近く
湧水が流れそそぐ小さな池は
ひとの心臓のかたち
水底に沈んだ落ち葉が
見開かれた瞳のまま
空を見上げている
冬の日

ひかりと風は瞬時に生まれ続けて

わたしの身体に無数の擦傷痕をつけて消えてゆく

水面に映る淡い青空と
見開かれた瞳が見上げる空は
おなじ空だろうか

ひかりと風の明滅
瞬間の連鎖と堆積
どこかでめくれあがる意識の表層があり
深く分け入りたい記憶があったような

疼きに似たものが
わたしを誘う
いつもの道しか辿れない
わたしの臆病さをためすような微かな誘惑
森の奥へと

立葵

アスファルトの隙間の
僅かな土に根付いた立葵
排気ガスの熱風がやんだ空気のなかで
小刻みにふるえながら揺れている
地上に透き出た時の秒針
微睡の時を刻んでいる

退色した花と葉の
抜け落ちた鮮明さが見せる

鮮やかな記憶の一瞬の
開かれようとする気配が
夢の尻尾のように消えてゆく

もうそれはだれなのかはいえない
母なのか　父なのか　懐かしいだれかであったのか
見知らぬひとなのか
ただそのときの　ただそれだけのことなのか
さざめくひかりがあって
あたたかな体温があって
野辺に立葵が咲いていたといってみても

通り過ぎてゆく
ここ
いま
わたし

わたしたち
揺れている　から
揺れていた　への時の推移
揺らぎの収束は　つかのまの遠さ
微睡のなかに目覚めている花
いまいちど
赤く染まってゆく花びら

街灯

夜へとつま先立つ　つかのま
藍色の空気を震わせて瞬く
街灯のあかり　ひとつふたつ
いつもの風景のなかに
いつ点りはじめたのか
滲みながら灯ることが
（いまここにある）かすかな所在のあかし

誰かを思い出すような

あるいはなにかを
それがなんであったか　思い出せない
そんな懐かしさと
心細さを漂わせて
うすあかく灯るものの
その光源とは

闇へとうつろうあわいにゆきくれる
（たしかにあった）
いまはないもの
喪われたものの
まだ冷え切らない余熱が
光源ならば

ひととき
かれらの熱を

放熱させてほしい
ただどこまでも
滲むものを
滲ませてほしい

空の果て
熱い砂の上に
流されたひとの血

更地

老夫婦の姿が
いつのまにか消えて
長く空き家になっていた家の解体
ひどく臭った
塵や埃
うつうつとことばたち
閉ざされていたものは
集積されたものは臭うのだ

裂かれて割れた鉛筆のような柱が
かろうじてあった夕刻
見慣れない空間は
祈りの場のような
静かなひかりに満たされていた

建物の形をなくすまで
わずかに数日
しかし
あったことを
なかったことにするまで
まだどれほどのものを
剝がし運び出すのだろう
更地まで

不意の訪れは

黒揚羽蝶
はばたきはゆるやかな渦となり
あたりの震動を吸い上げる
ひらりと
それは短い乱舞

ヨタカ

葦は身を寄せて倒れ
鈍い灰色の輝きを纏っている
押し寄せた泥水の輪郭が滲む
林の午後

小径に
濃い血の色のだんご
夥しい糸状の生物
熱心な生命活動家は

それ以外は無関心とばかりに蠕動
くぬぎの張り出した根元を跨いで
見上げた向かい側
枝の上に
茶色の平たい丸まりはヨタカだ
樹木に紛れて休む
ヨタカの長い滞空時間
林は息を整えて待っている
あたりはいっそう静かになった

あれはいつかの通りがかり
休日の保育園のウサギ小屋
ひっそりとして白黒ウサギが数羽
ウサギたちはつかのまじっとして
立ち姿のまま

鈴のような目を
虚空になげていたことがあった
ただじっとしている動物たちの前で
怯んでゆく私の足首

夜　風が戸をたたく
高く低く滑空するヨタカの翼が
私の眠りを浅くする
　私は無理
　　ついていけない
夢の中で私は許しを請うのだった

赤い木の実

色合いも形もさまざまな小さな赤い実を
森の近くに住む老いたひとは
何も言わずに
ただにこにこして置いて帰った

預かった幼子の相手をするように
赤い木の実を張り付けて拙いリースをつくった
ただそれだけのこと
ただそれだけのことなのに

ただそれだけのことのたのしさに
過ぎてゆく一日

窓からは森と森へ続く小道が見えた
ごつごつと固いゆるやかな坂道

森の木陰の昏さと冷たさ
はかない綿毛が
いっせいに
谷間を埋めつくして渡る風景のことなど
わたしはいつか誰かに聞いて
知っていたのでしょうか

こんど森を訪ねてみようと思います
そのときには
赤い木の実をこぼしこぼし行きます

〈つくりうた〉蒐集《コレクション》

こどもの歌うあのうたのことを
私は〈つくりうた〉と呼んでいます
〈つくりうた〉とは
夢中で遊ぶこどもが無意識に歌ううたのことで
こどもの上機嫌が歌わせるうたのことです
たとえばこんなふうに
〽だけどー
〽だけどー
〽だめでしたあー

語りのような
思いつきのことばに
おかしな拍子をつけたもの

ある日の夕食前のひととき
こどもだった私は
満ち足りた幸せな気分で
〈つくりうた〉を歌っていたのでしたが
歳の離れた姉のひとことが
私を凍らせました
「ひろこの歌　変」
以来私は人前で歌うことに怯えました
このはなしを最近になって
姉にすると
「あら今じゃカラオケで平気で歌ってるじゃない」
姉とはかくのごとく

冷酷なものであると悟りました

ある夜　私は夢のなかで
綺麗な螺鈿細工の小箱に
〈つくりうた〉を集める
〈つくりうた〉蒐集家《コレクター》になっておりました
〈つくりうた〉は蝶に変身して
ひらり　ふわりと
優雅に飛んでみせるので
私は極細の絹糸でできた網を振り
こどもの歌う〈つくりうた〉を捕獲しては
小箱に収集するのでした

叢

草の茂みに隠れると
音の一切は遠のいて
ひかりは紗を帯び
空気はあたたかくこもってゆく

こどものからだの
重みに
たおされた
茎と葉先の湾曲

それらが記した
草の文字

ちいさくまあるいくちびるを
いったりきたり
可愛く渦巻く吐息が
ころがってゆく時の葉脈

叢のひとところ　そのうちから
見上げたまなこに
映ったもの
あれは　空が真正直に
空のよろこびとかなしみを
映してみせたから

いまはもうない叢に

いまもまぶしいひかりの一角
草の文字
それを幼年と読むのでしょうか
それとも記憶
あるいはわたし。

十一月の雨

どんな雨も
その降りはじめには
振りほどかれるものの気配がある
どこかできりりと巻き上げられたものが
反転して　放されてゆく

ぱらぱらと落ちてくる
うぶな雨音が
開いてみせる風景と世界のなりたち

雨音がきのうのひかりを呼んでいる
きのうわたしたちは
明るい林のなかで　木の実を拾い集めた
笑い声やことばがひとときの籠に
あふれるほどに盛られた
残響がまだわたしの耳にあるように
この中空にそれはあるのだろうか

一雨ごとに深まる秋としたためれば
雨音と木の実の連弾
色づいた葉がくるくると舞い落ちてきて
わたしのなかの秋が深まる

地表はすでに色を変えている
風景はやがて雨のなかに

溶け入ってゆくだろう
静かに雨の一条にきいてみる
連動
この世界に連動しないものがあるだろうか

晩夏

どこかで雨が降り
暑気の渦がほどけて
陽は傾いてゆく
午後の　夕刻の　そののちの
ひかりは翳りへと飛ぶ翼
空　樹木　街　道　指さき
移ろうことをやめないものたちが象る
夜の森のちいさな火

ぱちぱちとはぜる音が
ふいに滝音になって
あなたの耳に届く
内耳を洗う冷たい水音

あなたは目を閉じて
甘美な記憶のように
白糸の滝を
夢想するけれど
それはすだく虫の音

草叢の夥しい虫たちの鳴声は
あなたの天地を変えさせ
天空から千筋にながれ落ちて
ちいさな火は滝壺になり
もうひとつの夜になる

ゆらめく炎があたりを揺する
火影にあなたは映し出され
あなたとあなたに似たなにものかが静かに激しく交差する
ふたしかなものをふたしかなままに　そう思う間もなく
晩夏
あなたの最後の吐息へと
めぐるものたち

木彫り教室

以来
訪ねるごとに確認する
玄関までの階段の高さや
緑色の壁色のこと
しがみつくようによじ登ると
壁色が鮮やかで
何度見ても初めてと思う
ふらつく身体を立て直すと
すでに頂上

玄関が開いて
こんにちは

招いてくれていたひとはもうやさしい不在
六月の窓辺
岩ほどに固い胸に触れさせると
ゆっくりと身支度を整えて空をわたっていった

ある日玄関に
ちいさな看板が掲げられて
わたしは時々
木を削る音を聞きにいく
さりさり
さりさり
思いのほか静か
刃に指先をあてがい

木肌にあてる
さり　さり
夜にはきっと
残されたひとの深い一刀

四囲を木屑に囲まれて安らぐ
小動物の早鐘の鼓動のような
生の瞬きは
はるかな星雲のどのあたりか
わたしは時々
木を削る音を
聞きにいく

寄木細工

駅を降りると丸い坂
囲まれるようにして
登っていくと
古い土産屋の薄暗がりに
隠微な塵がしずまっている

麻の葉亀甲菱卍字波
寄木細工の文様が
打ち寄せる店奥の入江

淡いひかりの水際に渦巻く

麻の葉亀甲菱卍字波
じゃばらの小箱は開ける度
みゃうと鳴く生きものの鳴き声がする

麻の葉亀甲菱卍字波
文様の漣
ほどけてばらけて
透けるひかりだけになったものもまた波の先端

いつでも縁に立たされていたのだとわかるのはずっと後のこと
つま先立っているひとの足先は濡れたひかり

十二橋めぐり

あやめまつりの午後
ボートの舳に
うねりと白濁の波が
双子のようにもつれあう
いまを盛りと咲く花岸を
後ろへ後ろへと追いやって
橋を六つ七つとくぐったころ
川縁に打ち込まれた杭の並びが
あやめに見える

ざくっと
打ち込まれる音がして
あやめの悲鳴
ざくざくと
もうざくざくと
どこまでもあやめ
どこまでも杭
やがて
しぶとくなったあやめは
剣状の葉さえ妖しく
紫や白の花びらを太らせ
鮮やかな黄色を中央に置く
次から次へと
どうあっても咲いてみせるのがいのち
と咲きはじめた
どこまでも往路

どこまでも杭
ときおり
柳
葦

日傘

日傘の
微妙な角度で
かげりが運ばれる
かげりは
小枝のような
枯草のようなもので
できているのでしょう
おおよそ重量をもちません

草波と
乾いた白い道と
陽ざし
歩く速度で運ばれるかげりは
いきものの気配がして
ときに鼓動
柄をもつ手も
なにものかをかばうような
母性の手になっております

猫

生きていたときよりも
死んだときよりも
小さなもののなかに
とじこめた

あれから
やわらかく弾む四肢は
のびをしたり
からだをくねらせたり

ひとのかなしみや
くるしみ
あやまちの淵で
喉を潤し
少しも鳴声をたてない
もう固有の名前で呼ばれない
いきものになって生きている

道

その町ではどの道も海へと続いていた
ようやくそのことに気づいたのは
町を去ってからずっと後のことだ

まだ町に慣れない頃
迷った道にあった一軒の豆腐屋
春のひかりのなかに暖簾がゆれて
のどかで静かな　田舎絵巻のもののように佇んでいた
あたりの風景　点在する民家　木立にも

不思議な懐かしさを覚えながら引き返した
もういちどあの道をたどりたいと思いながら
二度と行くことはなかった

高台からは
掌で掬い取ったような海が見えた
女友達と海へと出かけた道は
朝霧が川のように流れていた
なにかに先導されるようにして
不確かな道を　低い軒先をくぐったりして
海へとたどり着いた

記憶のなか
ひかりは眩しさを増し
霧は濃くなってゆく

道を尋ねれば
どの道も海に続いていると
豆腐屋の主人は言うだろう
ひとときもやすまない　揺れている海
砕ける波の残像が次の波の始まりであり
しずくのひとつひとつに　ある日ある時のわたしが映り込む
すべての感情の欠片が
ゆらゆらと海面を漂っている
あの海に続いていると

ホスピタル

地層に降り注ぐひかりのように
やさしく
内耳を圧するように充満して
四囲の微細な物音を吸い取ってゆく
空調音がきょうの世界のやさしさ

大切ななにかを
聞き取れないのではないかという不安が
それはことばだろうかと

疑問に思う間もなく
無垢な時間の泡の中に消えてゆくとき
ホスピタル
あなたの呼吸音が
静かに響いている

自らと他者を傷つけないために
彼らはミトンを手にはめられて
薄い上掛け一枚　それは木の葉に見えた
掛けられて寝かせられていたが
病室の明かりの下では
午後三時から
午後四時が永遠にくり返されていて
彼らは夜でもない昼でもない深い森の中を
終着点を探しあぐねて
枯枝のように身体を固くしていた

あちらこちらで
煩雑に引かれるカーテンが
引き戻されて
いのちといのちとのあいだに引かれた
境界線の淡さに揺れているから
ホスピタル
ひとときわたしも
あなたの呼吸音に
やさしく収斂されてゆく

忘レル

明日は
遠いと思っていたけど
明日だ
明日は来なくていいのに
明日が来ないと
明後日が来ない
でも明日が
昨日になってしまったら
明日のことなんて

ケロッと忘れてしまう
それでイイノダ

通りで

五月の美しい通りで
○○さんを見かけた
元気になりましたと伝えたくて
「○○さん」
振り返った彼女の顔が一瞬のうちに
驚きから困惑へ
そして黒目に怖れを忍ばせて
わたくし先を急ぎますので　などと
しどろもどろに

人波に紛れて消えて行った
何？
何なの？
まるで幽霊にでも出会ったよう
どうやら彼女のなかでは
私は死んでいるらしい
あわれ
親しくお慕いした我が親愛の情よ
いいさ　それなら
持っていたバッグを
ぶんぶん振り回して歩いた
気持ちが晴れてきて
身体まで軽くなった
時折身体がふわりと浮く
夕日がきれい

湧水地より

天上の赤児の眠りを地上に置いて
めぐる呼吸は地にあふれた

　　　一度きりですよ
　　後戻りできませんよ

川べりの長机の受付けの男は
麦わら帽子の奥から目だけで圧してくる
川下りのゴムボートは乗合い

こころして聞いてください
　診察室の谷間に木霊するN先生のバリトン

どこまでもたよりないものである私を
　オールを川底に突きさすように漕ぐのです
最後尾の若い女性ガイドはきびしく指導する
　もっと川底に　　漕ぎなさい

うまく漕げません
漕げないんです　いつもなにかうまくできたことはないんです
ベソをかく私
もっと川底に突きさすように漕ぐのです
　（しかしそれは楽しそうにボートを漕ぐ姿に見えたかもしれない）

どこまでもたよりないものである私を

水草は歌う
水はとめどなくひかりを呼びよせる

どこまでもたよりないものである私を
ボートのひと揺れ　ふかいひと呼吸のまにまを
湧水の地に浮かべ

アオハダトンボが青金属色のまぼろしを震わせて
あなたの帽子にとまった

いったいだれの夢の光景なのかしら
安曇野は

丘を焼く

焦れてマッチを擦ってしまったの
一瞬の炎の明るさに身体が震えて
指先から払い落としてしまったの
燃えているのは丘
見慣れた丸い丘を

板塀の角から
覗いているのはおかあさん
いつもの割烹着姿で

薄目を開けて
煤けた板塀に半分溶けながら

白い乳房の草原のかがやき
太ももの雪原を温める静脈の密かな流れ
はじめに
深くしまって手渡してくれたものを

板塀が燃えている
燃えているのはおかあさん？
だれかの叫び声がして
サイレンが聞こえる

真っ白なスケッチブックに昼と夜が交差して
数え切れない色彩のパレード
さあ　さあと　手招きされて

おずおずと輪に踏み入れば
とめどないものがどっと押し寄せて
疑問に疑問でこたえる

朝になってはじめて泣いた
焼き尽くされた丘
抜け落ちた　立ち去ったものの気配がして
どうしてなくしてはじめて気づくのでしょう

もう顔のないわたしのわたしたちのおかあさん
娘の愚かさのために
あなたがはじめに燃えてくれたのでしょうか

不時着

にぎりしめていたものがゆるむ
その刹那
くぼみに陽があたる
感情の草原には
ほのかにあかるい空白があるばかり
立ち去ったものの形跡はどこにもなく
朝露さえ目をふせて無言

わたしの痛みと

祈りに
不時着したものよ

さあ　血と鼓動
脈打つものになって
記憶よ
もう一度
なつかしい川を巡ってみせて

ひとときわたしとともに在ったものよ
わたしを置いて去っていったものよ
あなたがなにものであったのか
わたしをつかのま立ち止まらせて

もういないひとたちで
にぎやかな空の日

わたしはまだここにいます
ひと声渡すと
地はいっそうしずか

雨

休息の小部屋に
寄せる雨音は
サァーサァーと
雨が桑の葉喰む音

あれはいつのこと?
冬の二月堂
茶屋の店先
シュンシュンと

湯の沸き立つ音がして
一組の中年の夫婦がいて
あっという母音を飲み込むくちびるのふるえ
カタっと木製の椅子をひく動き
交わされた会話はどこにもなかったが
見るとはなしに見る
ひとのこころ
洩れて滲んでゆく稜線

雨の中に目を開く
思い出とも
記憶とも呼べないものが
ひかる雫になってまたたく
雨にとけたすべての静けさの中から

待合室

大窓いっぱいに
枝を伸ばして雨を受けている
木々の枝先に止まる鳥のことを
想いながら
理学療法士の痩せた男と
かみ合わない会話を啄んでいるのは
ふたりとも上の空に住むひとだから

待合室の長イスの隣り合わせの
高齢女性のひとりが

膨らんだショルダーバッグから
ケイタイを取り出して
娘からメールが来たと言っている
もうひとりがそうかいと相槌をうち
雨が温かくなってきたと言っている
耳は静かに閉じられて
どこかの温泉宿の脱衣所の
裸体に恥じらうように目を伏せる

白く照らされた箱のなか
物音と呼吸がとめどなく膨れ
宙に浮かぶ船艦のよう
ひたすらひとすじの雨に
なりたいと願うのはだれもみな同じ
生の容積に傾きながら
雨が強くなってきた

晩春

萌出ずる小麦の波立ち
麦畑は緩やかな傾斜をもって
湾のような広がり
畑は海になって荒れている

ゴアゴアと風がコートを煽る音がする
自在にうねり
光りを発している
柔らかな緑の

小麦の波の前で

息をととのえる間に
言葉を
言葉を探そうとするが
その瞬間
風に持っていかれてしまう

日ごとに小麦は成長し
時期がくれば刈り取られ
同じ風景は世界中のどこにもない
いま　ただこのときだけ
生生流転　万物は流転するのだと
いつかあなたは言っていたけれど

荒れる風に身を任せている

小麦の強さをわたしにください
わたしは
思い切り泣けばよかったのかもしれない
あるいは
声を立てて笑えば
けれど

ちぎれ飛ぶ感情に
言葉は間に合わない

孤島

野辺に
白くけむる島影は梅の林
もうだれのためでもなく
満開の花を咲き匂わせて
春の孤島
低く張り出した枝や
荒々しい太い幹は
過ぎ去った歳月のあかし
いまは

寄せる波の形になって枯葉が取り巻く
ほら
枝先に雀たちが
王冠の宝飾のように誇らしくにぎやか
つぐみは歩き始めた幼子の歩幅で
地を啄み
すばやく行き交う尾長が交差して
合図を交わしている
鳥は鳥の時間を
梅林には梅林の時間が
時をあたためて
受容することが
孤島の言葉をはぐくむ
光年に浮かぶまぼろしの島
落日に
最初にくべられる小枝は小鳥

約束

陽光《ひかり》の網は
梅の根元でまるく開いて陰になる
網のなかには色づいた梅の実
跳ねる小魚になって零れ落ちている

芳醇な薫りと
うぶ毛の清潔なやわらかさが
わたしの内海を
満してゆく

静かな祝祭を寿ぐ
大気の下では
目眩む明るさと暗さを抱えているのは
ひとも木も同じ

あした籠に集められ
捨てられるにしても
おおらかに
大切なことは来年の約束を守ること

春の一日を支える
信服
空の下
一本の梅の古木となって

あとがき

前詩集から六年の歳月が経ちます。

その間、思いもよらず癌という病を得ました。

自分だけは病気にならない、そう思っていました。

私は初めて、私とはいずれ死ぬ存在なのだと認識しました。

私を支えてくれた家族、ほんとうにありがとう。

そして友人詩友たち、感謝しています。

詩作とは、私はまだここにいますと空に伝える行為のようにも思われます。

詩集制作にあたり、思潮社の皆様には大変お世話になりました。厚く御礼申し上げます。


新型コロナウイルスによる緊急事態宣言中の二〇二〇年　初夏

峯尾博子

峯尾博子　みねお・ひろこ

一九五六年生まれ
『エイダに七時』二〇〇七年・風心社
『交信』二〇一四年・書肆山田
日本現代詩人会・日本詩人クラブ・埼玉詩人会　会員
「花」「晨」同人

現住所　〒三六四－〇〇三四　埼玉県北本市高尾二－一三三

不《ふ》時着《じちゃく》

著者
峯《みね》尾《お》博《ひろ》子《こ》

発行者
小田久郎

発行所
株式会社 思潮社
〒一六二－〇八四二 東京都新宿区市谷砂土原町三－十五
電話 〇三（三二六七）八一五三（営業）・八一四一（編集）
ＦＡＸ 〇三（三二六七）八一四二

印刷・製本
三報社印刷株式会社

発行日
二〇二〇年九月一日